U0017401

張子野詞卷一

吳興 張先 子野

正宮

醉垂鞭 東池

雙蝶綉羅裙東池宴初相見朱粉不深勻閒花淡淡春細看諸處好人人道柳腰身昨日亂山昏來時衣上雲

二 贈琵琶娘年十二

朱粉不須施花一作瓊枝小春偏好嬌妙近勝衣輕羅紅

霧垂　琵琶金画鳳雙縢條重倦眉低啄木細聲遲黃蜂花上飛

中呂宮

南鄉子　京口

何處可蒐銷京口終朝兩信潮不管離心千疊恨滔滔催促行人動去橈　記淂舊江臯綠楊輕絮幾條條春水一篙残照闊遙遙有箇多情立画橋

二　中秋不見月○一作南徐中秋

潮上水清渾棹影輕於水底雲去意徘徊無奈淚衣巾

猶有當時粉黛痕　海近古城昏莫角寒沙雁隊分今夜相思應看又月無人露冷依前獨掩門

菩薩蠻 怨別

憶郎還上層樓曲樓前芳草年、綠綠似去時袍回頭風袖飄　郎袍應已舊顏色非長久惜恐鏡一作鑑中春不如花草新

二 頻見

聞人語一作話著仙卿一作宣卿字嗔情恨意還須一作相喜何況草長時酒前頻共見一作伊　嬌香堆宝帳月到梨花

上心事兩人知掩燈羅幕（一作幙）垂

三　不至

夜深不見至春蟾見令人更情飛亂（一作香軿不至春蟾午令人轉更猜飛語）翠幙動風亭時疑響屧聲　花香聞水榭幾誤飄衣麝不恐下朱扉遶廊重待伊

四

簟紋衫色嬌黃淺釵頭秋葉玲瓏翦輕怯瘦腰身紗窗病起人　相思甚欲絕莫話新秋別何處斷離腸西風昨夜涼

五

牡丹含露真珠顆美人折向簾前過含笑問檀郎花強妾貌強　檀郎故相惱剛道花枝好花若勝如奴花還解語無

踏莎行

衾鳳猶溫籠鸚尚睡宿妝稀淡眉成字映花避月上行(一作迴)廊珠裙褶々輕垂地　翠幙成波新荷貼水紛々烟柳(一作絮)低還趁重墻繞院更重門春風無路通深意

波湛横眸霞分膩臉盈〻笑動籠香靨有情未結鳳樓
歡無那愛把歌眉斂　密意欲傳嬌羞未敢斜偎象板
還偷膸輕〻試問借人麽佯佯不覷雲鬟點

感皇恩

萬乘靴袍御紫宸揮毫敷麗藻盡經綸第名天陛首平
津東堂桂重占一枝春　殊觀聳簪紳蓬山仙話重霈
恩新暫時趨府冠談賓十年外身是鳳池人

西江月

體態看來隱約梳妝好是家常檀槽初抱更安詳立向

尊前一行　小打登鉤怕重儘纏綉帶由長嬌春鶯舌

巧如簧飛在四條絃上

慶春枝 合歡曲

青螺添兩遠山兩嬌靨笑時圓抱雲勾雪近燈看妍處

不堪憐一作算何不堪憐　今生但願無憐離別花月下綉屏

前双蠶成繭共纏綿更結後生緣一作更重結後生緣

浣谿沙 夏

輕𦅸來時不破塵石榴花映石榴裙有情應得撞腮春

一作有情應解惜青春〇惜一作憶　夜短更難留遠夢日高何計一作許

學行雲樹聲深一作鸎過靜無人

相思兒令 惜月

春去幾時還問桃李無言燕子歸栖風緊梨雪滿西園

猶有月嬋娟似人人難近如天願教清影長相見更

乞取長圓

師師令 春興〇一作贈美人

香鈿寶珥拂菱花如水學妝皆道稱時宜粉色有天然

春意蜀綵衣長勝未起縱亂雲霞一作垂地 都城池苑

誇桃李問東風何似不須回扇障清歌脣一點小於

珠子（一作朱蕊）正是（一作值）殘英和月墜寄此情千里

山亭燕慢 有美堂贈彦猷主人

燕亭（一作臺）永晝喧簫鼓倚青空画欄紅柱玉瑩紫微人
藹和氣春融日煦故宮池館更樓臺約風月今宵何處
湖水動鮮衣競拾翠湖邊路　落花蕩漾愁（一作怨）空樹
曉山靜數聲杜宇天意送芳菲正黯淡疎烟逗雨新歡
寧似舊歡長此會散幾時還聚試為挹飛雲問解寄相
思否

謝池春慢 玉仙觀中逢謝媚卿

繚墻重院時聞有啼鶯到綉被掩（一作堆）餘寒画幕（一作閣）明新曉朱檻連空闊飛絮無多少（一作知多少）徑莎平池水渺日長風靜花影閒相照　塵香拂馬逢謝女城南道秀艷（一作丽）過施粉多媚生輕笑鬥色鮮衣薄碾玉双蟬小歡難偶（一作遇）春過了琵琶流怨（一作韻）都入相思調

惜雙雙　溪橋寄意

城上層樓天邊路殘照裏平蕪綠樹傷遠更惜春莫有人還在高高處　斷夢歸雲经日去無計使哀絃寄語相望恨不相遇倚橋臨水誰家住

南呂宮

江南柳 隋隄

隋堤遠波急路塵輕今古柳橋多送別見人分袂亦愁生何況自關情 斜月照一作後新圭一作月上西城城上樓高重倚望願身能似月亭亭一作月華明千里伴君行

八寶裝

錦屏羅幌初睡起花陰轉重門閉正不寒不暖和風細雨困人天氣 此時無限傷春意憑誰訴厭厭地這淺情薄倖千山萬水也須來裏

一叢花令 案此闋又載六一詞

傷高(一作春)懷遠幾時窮無物似情濃離愁(一作心)正引(一作憑)牽絲亂更東(一作南)陌飛絮濛濛嘶騎漸遙征塵不斷何處認郎蹤 双鴛池沼水溶溶南北小橈(一作橋)通梯橫畫閣黃昏後又還是斜月(一作新月)簾櫳沈思細恨(一作沈恨細思)不如桃李猶解嫁東(一作春)風

道調宮 案西江月感皇恩前入中呂宮此二闋別入道調宮侯攷

西江月

泛泛春船載樂溶溶湖水平橋高鬟照影翠烟搖白紵

一聲雲杪　倦醉天然玉軟弄妝人惜花嬌風情遺恨

幾時銷不見盧郎年少

感皇恩　安車少師訪閣道大資同游湖山

廊廟當時共代工睢陵千里遠約過從（一作睢陵千里欲約遠相從）

知賓主與誰同宗枝內黃閣舊有三公　廣樂起雲中

湖山看画軸兩仙翁武林嘉語（一作佳話）幾時窮元豐際德

星聚照江東

仙呂宮

燕春臺憭東都春日李閣使席

麗日千門紫烟双闕瓊林(樓一作)又報春回殿閣風微當

時去燕還来五侯池館頻(一作屏)開採芳菲走馬天街重

簾人語轔〻繡軒(一作幰車 一作車轞)遠近輕雷　雕觴霞灔翠

幙雲飛楚腰舞柳宮面妝梅金猊夜煖羅衣暗裛香煤

洞府人歸放笙歌燈火下樓臺蓬萊(一作放笙歌燈火下樓臺蓬萊一無

放字)猶有花上月清影徘徊

好事近　和發夫內翰梅花

月色透橫枝短葉小花(一作葩)無力北客一聲長笛怨江

南先落　誰教強半臘前開多情為春憶留取大家沈

一作須醉正一作幸雨休風息

二

燈燭上山堂香霧暖生寒夕前夜雪清梅瘦已不禁輕摘双歌聲斷一作未徹瑶杯空妝光艷瑶席相一作好趁笑聲歸去有隨人月色

大石調

清平樂

屏山斜展帳卷紅綃半泥淺曲池飛海燕風度楊花滿院雲情雨意一作雲愁雨恨空深覺来一枕秋陰隴上梅花

落盡江南消息沈

二　李閣使席

清歌逐酒膩臉生紅透(一作醉臉仙霞透)櫻小杏青寒食後衣換縷金輕綉　畫堂新月朱扉嚴城夜鼓聲(一作歸)遲細看玉人嬌(一作妝)面春光(一作工)不在花枝

醉桃源(別見六一詞)

落花浮水樹臨池年前心眼期見來無事去還思如(一作而)今花又飛　淺螺黛淡臙脂開花(一作開妝)取次宜隔簾燈影(一作風雨似誤)閉門時此情風(一作工)月知

二

歌停鶯語舞停鸞高陽人更閒斅噴烟爐玉壺乾茶分小鳳團　雲浪淺露珠丸嬌聲春筍寒絳紗籠下据金鞍歸時人未眠

三

湘天風雨破寒初深沈庭院虛麗譙吹罷小單于迢迢清夜徂　鄉夢斷旅魂孤崢嶸歲又除衡陽猶有雁傳書郴陽和雁無　此少游詞也誤編于此

恨春遲 双蓮

好夢才成又斷日晚起一無日字一作日曉起一作因晚起雲嚲一作朵梳鬟秀臉拂新紅酒一作滴入嬌眉眼薄衣減春寒紅一作短枉溪橋波平岍畫閣外落日西山不分一作忿閒花竝蒂秋藕連根何時重得双眠一作蓮

二

欲借紅梅薦飲望隴驛音信沈沈住在柳洲東岍彼此相思夢去難尋　乳燕來時花期寢淡月墜將曉還陰爭奈多情易感音信無憑如何消遣得初心

雙調

慶佳節

莫風流莫風流風涼後有閒愁花滿南園月滿樓偏使

我憶歡遊　我憶歡遊無計奈除卻且醉金甌醉了醒

來春復秋我心事幾時休

二

芳菲節：：：天意應不虛設對酒高歌玉壺闌慎莫

負狂風月　人間萬事何時歇空贏得鬢成雪我有閒

愁與君說且莫用輕離別

採桑子　雪意

水雲薄・天同色竟日清輝風影輕飛花蕤瑤林春未

知　剡溪不辨沙頭路粉（一作湖）水平堤姑射人歸記得

歌聲與舞時

御街行　送蜀客

畫船橫倚煙溪半春入吳山徧主人憑客且遲留程入

花溪還（一作遠）遠數聲蘆葉兩行霓袖幾處成離宴紛

紛歸騎亭皐晚風順檣烏轉古今為別最銷魂因別有

情須怨更獨自儘上高臺望〻盡飛雲斷（一本云高臺獨上不堪凝

望目與飛雲斷）

玉聯環　送臨淄相公

都人未逐風雲散願留離宴不須多愛洛城春黃花一作

閒訴歸來晚　葉落霸陵如剪淚沾歌扇無由重肯日

邊來上馬便長安遠

二　南幽夜飲

來時露裛一作浥衣香潤綵縧垂鬢卷簾還喜月相親把

酒更一作與花相近　西去陽關休問未歌先恨玉峰山

下水長流〻水盡情無盡

武陵春

秋染青溪天外水（一作秋染青溪在水）風棹采菱還波上逢郎密

意傳語近隔叢蓮　相看忘卻歸來（一作來時）路遮日小荷

圓（一作家在柳城前）　菱蔓雖多不上船心眼在郎邊

定風波　有情

素藕抽條未放蓮晚蠶將繭不成眠若比相思如亂絮（一作緒）　何異兩心俱被暗絲牽　暫見欲歸還是（一作皆是）恨

莫情閑有情誰信道無緣有（一作正）似中秋雲外月皎潔

不團圓待幾時圓

百媚娘　眼前

珠闕閣一作 五雲仙子未省有誰能似百媚算應天乞與淨飾豔妝俱美若一無若字 取次芳華皆一作俱 可意何處比一作無 桃李 蜀被錦 水紋鋪水不放絲妃双戲樂事也知存後爭曾 奈眼前心事東 緣皺小池紅疊砌花外東風起

夢仙鄉 寄遠一作寄越

江東蘇小夭斜窈窕都 不勝綵鸞嬌妙春艷上新妝肌肉過人香 佳樹陰陰池院華燈綉幔花月好可一作豈 能長見離聚此生緣無計問天天一作何計問高天

歸朝歡

聲轉轆轤聞露井曉引銀缾牽素綆西園人語夜來風

叢英飄墜紅成徑寳猊未𤇾冷蓮臺香蠟殘痕凝等身

金誰能得意買此好光景　粉落輕妝紅一作溫玉瑩月

枕橫釵雲墜領有情無物不雙棲文禽只合常交頸晝

長歡豈定爭如翻作春宵永日曈曨嬌柔嬾起簾押殘

花影一作簾幙春花影

相思令一作長相思又見六一詞

蘋滿溪柳遶隄相送行人溪水西回歸一作時隴月低

烟霏霏風一作雨淒淒重倚朱門聽馬嘶寒鷗相對飛一云

寒鴉相對啼

少年遊

紅葉黃花秋又老踈雨更西風山重水遠雲閒天淡遊子斷腸中　青樓薄倖何時見細說與這忡忡念遠離情感時愁緒應解與人同

賀聖朝

淡黃衫子濃妝了步縷金鞋小愛來書幌綠窗前半和嬌笑　謝家姊妹詩名空杳何曾機巧爭如奴道春來情思亂如芳草

生查子

當初相見時彼此心蕭洒近日見人来卻恁相謾謊

休休〻便休美底教他且匹似沒伊時更不思量也

小石調

夜厭〻

昨夜小筵歡縱燭房深舞鸞歌鳳酒迷花困共厭〻倚

朱筵未成歸弄　峡雨忽收尋斷夢依前是画樓鐘動

爭拂雕鞍匆〻去萬千恨不能相送

昨夜佳期初共鬢雲[低]翠翹金鳳尊前含笑不成歌意偷
期眼波微送　峡雨豈容成楚梦夜寒深翠簾霜重相
看還到斷腸時月西斜画樓鐘動

迎春樂

城樓画角催夕宴憶前時小樓晚残虹數尺雲中斷愁
送目天涯遠　枕清風停画扇逗蠻箋碧紗零亂怎生
得伊来今夜裏銀蟾滿

鳳栖梧 夜宴

客宴散〻一作木休池館沈〻借得春光住暮天漢紅翠鬥

為長袖舞香檀拍過驚鴻翥　明日不知花在否今夜圓蟾後夜憂風雨可惜歌雲容易去東城楊柳東城一作来時路

張子野詞卷一

張子野詞卷二

吳興　張先　子野

歇指調

雙燕兒

榴花簾外飄紅藕絲罩小屏風東山別後高唐夢短猶喜相逢　幾時再與眠香翠悔舊歡何事匆匆芳心念我遠也應那裏蹙損眉峰

卜算子慢

溪山別意烟樹去程日落采蘋春晚欲上征鞍更掩翠

簾相映翠簾（下一有回面二字）惜彎彎淺黛長長眼奈畫閣歡游也學狂花亂絮飛散　水影橫池館對靜夜無人月高雲遠一晌凝思兩袖淚痕還滿（淚痕還滿下一有難遣二字）恨私書又逐東風斷綫西北（一作夢澤）層樓萬尺（一作丈）望重（一作湖）城那見

林鍾商

更漏子

錦筵紅羅幕翠侍燕美人姝麗十五六解憐才勸人深酒杯　黛眉長檀口小耳畔向人輕道柳陰曲是兒家

門前紅杏花

二　別見馮延巳陽春錄

星斗稀鍾鼓歇簾外曉鶯殘月蘭露重柳風斜滿庭堆落花　虛閣上倚闌望還似去年惆悵春欲莫思無窮舊歡如夢中

三　流杯堂席上作

相君家賓宴集秋葉曉霜紅溼簾額動水紋浮纈花相對流一作絲花和水流　薄霞衣酣酒面重抱琵琶輕按迴畫撥抹幺絃一聲飛露蟬

南歌子

醉後和衣倒愁來殢酒醺困人天氣近清明盡日厭厭
□臉淺含顰　睡覺□□恨依然月映門楚天何處覓
行雲唯有暗燈殘漏伴銷魂

二

蟬抱高〻柳蓮開淺〻波倚風疎葉下庭柯況是不寒
不暖正清和　浮世歡會少勞生怨別多相逢休惜醉

顏酡賴有西園明月照笙歌

三

残照吹行棹乘春拂去衣海棠花下醉芳菲無計少住
淚留君住淚垂双　烟染春江莫雲藏閣道危行行聽
取杜鵑啼是奚此時離恨盡呼伊

蝶戀花

臨水人家深宅院階下残花門外斜陽岸柳舞麴塵千
萬線青樓百尺臨天半　樓上東風春不淺十二闌干
盡日珠簾卷有個離人凝淚眼淡烟芳草連雲遠

二　別見珠玉詞

檻菊愁烟蘭泣露簾幙輕寒燕子双来一作去明月不

諳離別苦斜光到曉穿朱户　昨夜西風凋碧樹獨上
高樓望盡天涯路欲寄彩牋兼尺素山長水闊知何處

三

綠水波平花爛漫照影紅妝步轉垂楊岸別後深情將
為斷相逢添得人留戀　絮輭絲輕無繫絆烟惹風迎
併入春心亂和淚語嬌聲又顫行行盡遠猶回面

四

移得綠楊栽後院學舞（一作漸學）宮腰二月青猶短不比灞
陵多送遠殘絲亂絮（一作千絲萬縷）東西岸　幾葉（一作度）小眉

寒不展莫（一作休）唱陽關真箇腸先（一作無腸）斷分付與春休（一作細看春。一作分付與春ゝ不管）條ゝ盡是離人怨

訴衷情

花前月下暫相逢苦恨阻從容何况酒醒夢斷花謝月朦朧　花不盡月無窮兩心同此時願作楊柳千絲絆惹春風

二

數枝金菊對芙蓉零落意忡ゝ不知多少幽恨和淚泣東風　人散後月明中夜寒濃謝娘愁臥潘令閒眠往

事何窮

木蘭花 邠州作

青錢一作銅貼水萍無數臨曉西湖春漲雨泥新輕燕面前飛風慢落花衣上住 紅裾空引一作解烟娥一作蛾聚雲月却能隨馬去明朝何處上高臺回首玉峰山下路

二

西湖楊柳風流絕滿縷青春看贈別墻頭簌簌暗飛花山外陰陰初落月 秦姬穠麗雲梳髮持酒唱一作聽歌留晚發驪駒應解惱人情一作應亦解人情 欲出重城嘶不歇

三

樓下雪飛樓下上宴歌咽笙簧聲韻顫尊前有箇好人
人十二闌干同倚徧　簾重不知金屋晚信馬歸来腸
欲斷多情無奈苦相思醉眼開時猶似見

減字木蘭花 詠舞○一作贈伎

垂螺近額走上紅裀初趁拍只恐輕飛擬倩游絲惹住
伊(一作衣)文鴛繡履去似楊花(一作流風)塵不起舞徹伊州
頭上宮花(一作花枝)顫未休

少年游 井桃

碎霞浮動曉朦朧春意與花濃通一作銀瓶素綆玉泉金
鬆亂真色浸朝紅　花枝人面難常見青子小叢叢韶華
長在明年依舊相與笑春東一作風

二

帽簷風細馬蹄塵常記探花人露英千樣粉香無盡驀
地酒初醒一作秦地酒初醺　探花人向漸一作花前老花上舊
時春行歌聲外裏一作　靚妝叢裏須貴少年身

醉落魄　詠佳人吹笛

雲輕柳弱內家髻子要一作　新梳掠生香真色人難學橫

管孤吹月淡天垂幕　朱脣淺破桃花（一作櫻桃）萼倚樓誰（一作人）在闌干角夜寒手（一作指）冷羅（一作春）衣薄聲入霜林簌簌驚（一作飛）梅落

喜朝天　清暑堂贈蔡君謨

曉（一作晚）雲開睨仙館淩虛步入蓬萊玉宇瓊甃對青林近歸鳥徘徊風月頓消（一作從今）清暑野色對（一作帶）江山助詩才簫鼓宴璇題寶字浮動持杯　人多送目天際（一作天多送目無際）識渡舟帆小時見潮回故國千里共十萬室日日春臺睢社朝（一作朝）京非舊正和羹民口渴鹽梅佳景

在吳儂還望分閫重來

破陣樂 錢塘

四堂互映雙門並麗龍閣開府郡美東南第一望故苑樓臺霏霧垂柳池塘流泉巷陌吳歌處處近黃昏漸更宜良夜簇簇（一本一簇字）繁星燈燭長衢如畫暝色韶光幾許（一作簾）粉面朱飛甍朱户 和煦（一作歡過）雁齒橋紅裙腰草綠雲際寺林下路酒熟梨花賓客醉但覺滿山簫鼓盡朋遊同（一作因）芳（一作氏樂）菲有主自此歸從泥詔去指沙堤南屛水石西湖風月好作千騎行春圖畫寫取

三字令 別見花間集作歐陽炯

春欲盡日遲遲牡丹時羅幌掩綉簾垂彩箋書紅粉淚兩心知 人不見燕空歸負佳期香燼冷枕閒欹月分明花淡薄惹相思

中呂調

菊花新

墮髻慵妝來日暮家在畫一作柳橋下佳堤夜緩絳綃垂瓊樹裊一枝紅霧 院深池靜嬌一作花相妬粉牆低樂聲時度長怨舞筵空強化作彩雲飛去

虞美人　案此闋又載馮延巳陽春集

画堂新霽情蕭索深夜垂珠箔洞房人靜睡月嬋娟梧桐双影上珠軒立階前　高樓何處連宵宴塞管聲幽怨一聲已斷別離心舊歡拋弃杳難尋恨沈沈

二　亦載陽春集

碧波簾幕垂朱户簾下鶯鶯語薄羅依舊泣青春野花芳草逐年新事難論　鳳笙何處高樓月幽怨憑誰說須臾残照上梧桐一時彈淚與東風恨重重

三

苔花飛盡（一作落盡）汀風定苔水天搖影畫船羅綺滿溪春
一曲石城清響亮（一無亮字）入高雲　壺觴昔歲同歌舞（一作笑）今日無歡侶（一作非年少）南園花少故人稀月照玉樓依舊有（一無有字）似當時

醉紅妝

瓊枝玉樹不相饒薄雲衣細柳腰一般妝樣百般嬌眉眼細好如描（一作眉眼秀總如描）　東風搖草百（一作雜）花飄恨無計上青條更起双歌郎且飲郎未醉有金貂

天仙子　時為嘉禾小倅以病眠不赴府會

水調數聲持酒聽午醉醒來愁未醒送春〻去幾時回

臨晚鏡傷流景往事後期空記省　沙上並禽池上暝

雲破月來花弄影重〻簾幙密遮燈風不定人初靜落

明日落紅應滿徑

二　鄭毅夫移青社

持節來時初有雁十萬人家春已滿龍標名第鳳池身

堂阜遠江橋晚一見障一作湖山看未徧　鄭扇欲收歌

淚濺亭下花空羅綺散檣竿漸向望中疎旗影轉鼙聲

斷惆悵不如船尾燕

菩薩蠻

玉人又是匆〻去馬蹄何處垂楊路殘日倚樓時斷魂
郎未知　欄干移倚徧薄倖教人怨明月卻多情隨人
處〻行

高平調

怨春風

無由且住綿〻恨似春蠶緒見来時餉還須去月淺燈
收多在偷期處　今夜掩妝花下語明朝芳草東西路
願身不學相思樹但願羅衣化作双飛羽

于飛樂令

寶奩開菱鑑靜一掬清蟾新妝[臉]旋學花添蜀紅衫双綉蝶裙縷鶼鶼尋思前事小屏風巧[仍]一作画江南　怎空教草辭宜男柔桑暗又過春蠶正陰晴天氣更瞑色相兼幽期消息曲房深碎月篩簾

臨江仙

自古傷心惟遠別登山臨水遲留暮塵衰草一番秋尋常景物到此盡成愁　況與佳人分鳳侶盈盈粉淚難收高城深處是青樓紅塵遠道明日忍回頭

江城子

鏤牙歌板齒如犀串珠齊画橋西雜花池院風幙卷金泥酒入四肢波入鬢嬌不盡翠眉低

轉聲虞美人 又名胡搗練雲工送唐彥猷

使君欲一作少醉離亭酒〻醒離愁轉有紫禁多時虛右苕一作清雲留難久 一聲歌掩双羅袖日落亂山一作江花春後猶有東城烟柳青蔭長依舊

燕歸梁

去歲中秋玩桂輪河漢淨無雲今年江上共瑤樽都不

是去年人　水精宮殿琉璃臺閣紅翠兩行分點唇檖

動一作微破秀眉顰清影外見微塵一作歌塵

二

夜月一作夜夜啼亂(烏)促弦江樹遠無烟缺多圓少奈何天

愁只恐下關山　粉香生潤衣珠弄彩人月兩嬋娟雷

連殘夜惜餘歡人月在又明年

酒泉子以下五闋均見馮延巳陽春集

亭下花飛月照妝樓春欲曉珠簾風蘭燭燼怨空閨

迢迢何處寄相思玉筯零零腸斷屏幃深更漏永夢魂

迷

二

人散更深堂上孤燈瑎下月早梅愁残雪白夜沈沈

闌前偷唱繫瑶簪前事揔堪惆悵寒風生羅衣薄萬般

心

三

春色融〻飛燕未来鶯未語露桃寒風柳曉玉樓空

天長烟遠恨重〻消息燕鴻歸去枕前燈窓外雨閑簾

櫳

四

亭柳霜凋一夜愁人窓下睡綉幃風蘭燭熖夢遥二

金籠嬰武怨長宵籠畔玉箏絃断隴頭雲桃源路路両魂

銷

五

芳草長川柳映危橋堤下路歸鴻飛行人去碧山連

風微烟淡而蕭然陽岍馬嘶何處九迴腸双臉涙夕陽

天

定西番

年少登瀛詞客飄逸氣拂雲霓盡帶江南春色過長淮

一曲艷歌留別翠鬟搖寶釵此後吳姬一作娃難見且

徘徊

仙呂調案天仙子上卷入中呂宮醉桃源上卷入大石調俟攷

河傳一作怨王孫

花暮春去都門東路嘶馬將行江南江北十里五里郵

亭幾程〻高城望遠看回睇烟細晚碧空無際今夜

何處一作高城漸凝遠重睇烟容細晚碧空無際不知今夜何處冷落衾幃欲眠時

偷聲木蘭花

雪籠瓊花梅花瘦外院重扉聯寶獸海月新生上得高樓無一作淺奈情　簾波不動凝一作銀釭小今夜〻長爭得曉欲夢高唐只恐覺来添斷腸

二

画橋淺映横塘路流水滔〻春共去目送殘一作斜暉燕子双高蝶對飛　風花將盡持杯送往事只成清夜夢莫更登樓坐想行思已是愁

醉桃源　渭州作

雙花一作歌　聯袂近香猊歌隨鏤板齊分明珠索漱烟溪

凝雲定不飛　昏破點齒編犀春鸎莫亂啼陽関更在

碧峰西相看翠黛低

千秋歲　又見六一詞

數一作幾聲鶗鴂又報芳菲歇惜春去一無去字更把残紅折

雨輕風色暴梅子青時節永豐柳無人盡日花飛雪

莫把么弦撥怨極弦能說天不老情難絶心似双絲網

中有千千結夜過也東方未白凝残月一作孤燈滅

天仙子　別渝州

醉笑相逢能幾度為報江頭春且住主人今日是行人

紅袖舞清歌女凭伏東風交點取　三月柳枝柔似縷落絮儘一作倦飛還戀樹有情寧不憶　西園鶯解語花無數應訝使君何處去

般涉調

漁家傲和程公闢贈別

巴子城頭青草莫巴山重疊相逢處燕子占巢花脫樹杯且舉瞿唐水闊舟難渡　天外吳門清霅路君家正在吳門住贈我柳枝情幾許春滿縷為君將入江南去

来詞云折柳贈君君且住

張子野詞卷二

張子野詞補遺上

天仙子　觀舞

十歲手如芽子筍固愛弄妝偷傅粉金蕉併為舞時空紅臉嫩輕衣褪春重日濃花覺困　斜雁軋絃隨步趂小鳳釁珠光遶鬢審教持履恐仙飛催拍緊驚鴻奔風袂飄飄無定準

二公擇將行

坐治吳州成樂土詔卷風飛來聖語親輿乞得便蕃歸瑤席主杯休數清夜為君歌白苧　花接舊枝新蕊吐

造化不知人有助看花歲〻比甘棠嘉月莫東門路只恐帶將春色去

南鄉子　送客過渝餘溪聽天隱二玉鼓胡琴

相並細腰身時樣宮妝一樣新曲項胡琴魚尾撥離人入塞絃聲水上聞　天碧染衣巾血色輕羅碎摺裙百卉已隨霜女妬東君暗折雙花借小春

少年游　渝州席上和均

聽歌持酒且休行雲樹幾程〻眼看簷牙手搓花蕊未必兩無情　拓夫灘上聞新雁離袖掩盈〻此恨無窮

遠如江水東去幾時平

定風波令

碧玉篦扶墜髻雲鶯黃衫子退紅裙妝樣巧將花草競

相並要教人意勝於春　酒眼茸茸香拂面口見丹青

寧似鏡中真自是有情偏小小向道江東誰信更無人

二次子瞻均送元素內翰

浴殿詞臣亦議兵禁中頗牧黨羌平詔卷促歸難自緩

溪館綵花千數酒泉清　春草未青秋葉暮口去一家

行色萬家情可恨黃鶯相識晚望斷湖邊亭上不聞聲

三 再次均送子瞻

談辨才疎堂上兵画船齊岍暗潮平萬乘靴袍曾好問須信文章傳口齒牙清 三百寺應游未徧口筭湖山風物豈無情不獨渠郎歌非度行路吳謠終日有餘聲

四 雲溪席上同會者六人楊元素侍讀劉孝叔吏部子瞻公擇二學士陳侍擧賢良

西閣名臣奉詔行南牀吏部錦衣榮中有瀛洲賓與主相遇平津選首更神清 溪上玉樓同燕喜歡醉對堤杯葉惜秋英盡道賢人聚吳分試問也應傍有一作中有老人星

木蘭花

人意共憐花月滿花好月圓人又散歡情又逐遠雲空

往事過如幽夢斷　草樹爭春紅影亂一唱雞聲一作離

千萬怨任教遲日更添長能得幾時擡眼看

二和孫公素別安陸

相離徒有相逢夢門外馬蹄塵已動怨歌留待醉時聽

遠目不堪空際送　今宵風月知誰共聲咽琵琶槽上

鳳人生無物比情多江水不深山不重

三宴觀文畫堂席上

檀槽碎影響金絲撥露溼潯陽江上月不知商婦為誰愁一曲行人留晚發　畫堂花入新聲別紅蕊調高彈未徹暗將深意語膠弦但願弦絲無斷絕

四　送張中行

插花勸酒鹽橋館召節促行龍闕遠吳船漸起晚潮生蠻榼未空寒日短　慶門奕世隆宸睠歸到月陂梅已綻有情願寄向南枝畫寫洛陽春色看

五　去春自湖歸杭憶南園花已開有當時猶有蕊如梅之句今歲還鄉南園花正盛復為此詞以寄意

去年春入芳菲國青蕊如梅終恐摘闌邊徒欲說相思
綠螞窸絨朱粉飾　歸來故苑重尋覓花滿舊枝心吏
惜死央從小自相双若不多情頭不白

六　乙卯吳興寒食

龍頭舴艋吳兒競筍柱秋千游女並芳洲拾翠莫忘歸
秀野踏青來不定　行雲去後遙山暝已放笙歌池院
靜中庭月色正清明無數楊花過無影

七　席上贈同邸二生

輕才低掌隨聲聽合調破空雲自凝姝娘翠黛有人描

〈口〉葛嶼安陸集作久久

瓊女分鬟待誰併　弄妝俱學閑心性固向鸞臺同照影双頭蓮子一時花天碧秋池水如鏡

傾杯　吴興

橫塘水靜花窺影孤城轉浮玉無塵五亭爭景画橋對起垂虹不斷愛溪上浮雲凭雕闌久口飛雲遠人在虛空月生溟海寒魚夜汎游鱗可辨　正是草長蘋老江南地暖汀洲日晚吏茶山已過清明風雨纂千年啼鳥怨芳菲故苑深紅盡綠葉陰濃青子枝頭滿使君莫放尋春緩

二

飛雲過盡明河淺天無畔草色栖螢霜華清暑輕颸弄袂澄瀾拍岸宴玉麈談賓倚瓊枝秀挹雕觴滿午夜中秋十分圓月香槽撥鳳朱絃軋雁　正是欲醒還醉臨空悵遠壺更疊換對東西數里回塘恨零落芙蓉春不管籠燈待散誰知道座有離人目斷双歌伴烟江艇子歸来晚

離亭宴公擇別吳興

捧黄封詔卷隨處是離亭別宴紅翠成輪歌已徧已恨

野橋風便此去濟南非久惟有鳳池鸞殿　三月花飛
幾片又減卻芳菲過半千里恩深雲海淺民愛比春流
不斷更上玉樓西歸雁與征帆共遠

沁園春　寄都城趙閱道

心膂良臣帷幄元勳左右萬幾暫武林分閫東南外翰
錦衣鄉社未滿瓜時易鎮梧臺宣條春歲又西指夷橋
千里騎移珠灘上喜甘棠翠蔭依舊春暉　須知繫國安
危料節名還趨集浴鳳池且代工施化持鈞播澤置盂
天下此外何思素卷書名赤松游道飈馭雲軿仙可期

湖山有猿啼雀唳相望東歸

感皇恩　徐鐸狀元

延壽芸香七世孫華軒承大對見經綸溟魚一息化天津袍如草三百騎從清塵　玉樹瑩風神同時棠棣萼一家春十年身是鳳池人蓬萊閣黃閣主遲一作共談賓

憶秦娥

參差竹吹斷相思曲情不足西北有樓窮遠目　憶苦溪寒影透清玉秋雁南飛速菰草綠應下溪頭沙上宿

繫裙腰

惜濃一作霜蟾照夜雲天朦朧影画向闌人情縱似長情月算一年〻又能淂幾番圓　欲寄西江題葉字流不到五亭前東池始有荷新綠尚小如錢問何日藕幾時蓮

清平樂

青袍如草得意還年少馬躍綠螭金絡腦寒食乍臨新曉　曲池斜度鸞橋西園一片笙簫自欲賸留春住風花無奈飄〻

偷聲木蘭花

曾居別乘康吳俗民到於今歌不足驪馭征鞭一去東
風十二年　重来仰擁諸侯騎宝帶垂魚金照地和氣
融人清霅千家日〻春

菩薩蠻

佳人學得平陽曲纖〻玉筍橫孤竹一弄入雲聲海門
江月清　鬢搖金鈿落惜恐櫻脣薄聽罷已依〻莫吹
楊柳枝

二

藕絲衫翦輕紅窄衫輕不凝瓊膚白纏髻小橫波花樓

東是家　上湖閑蕩槳粉艷芙蓉様湖水亦多情照妝

天底清

三　七夕

牛星織女年〻別分明不及人間物匹鳥步孤飛斷沙

猶並栖　洗車昏雨過缺月雲中墮斜漢曉依〻暗蛩

還促機

四　又

双針競引双絲縷家〻盡道迎牛女不見渡河時空聞

烏鵲飛　西南低片月應悲雲梳髮寄語問星津誰為

得巧人

慶春澤

飛閣危橋相倚人獨立東風滿衣輕絮還記憶江南如今天氣正白蘋花遶堤漲流水　寒梅落盡誰寄方春意無窮青空千里愁草樹依〻關城初閑對月黃昏角聲傍烟起

二與善歌者

豔色不須妝樣風韻好天真画毫難上花影灩金尊酒泉生浪鎮欲留春傍花為春唱　銀塘玉宇空曠冰𡇑

映輕脣蕊紅新放聲宛轉疑隨烟香悠颺對暮林靜寥寥振清響

玉聯環

南園已恨歸来晚芳菲滿眼春工偏上好花多疑不向空枝暖　惜恐紅雲易散叢叢看徧當時猶有蕊如梅問幾日上東風綻

玉樹後庭花　上元

華燈火樹紅相鬥往来如畫河橋水白天青訝别生星斗　落梅穠李還依舊宝釵沽酒曉蟾殘漏心情恨雕

鞍歸後

二

寶牀香重春眠覺魷窓難曉新聲麗色千人歌後庭清妙 青驄一騎來飛鳥靚妝難好至今落日寒蟾照臺

秋城草

卜算子

夢短寒夜長坐待清霜曉臨鏡無人為整妝但自學孫鸞照 樓臺紅樹杪風月依前好江水東流郎在西問尺素何由到

雙韻子

鳴鞘電過曉闌靜斂龍旂風定鳳樓遠出霏烟閒笑語中天迴　清光近歡聲竟兒央集仙花鬥影更聞瑞日度曲瑤山升瑞日春宮永

鵲橋仙

星橋大樹長安一夜開遍紅蓮萬蕊綺羅能借日鈔本月與後段重城閉月相犯今從剞本細案詞意似宜作月中春風露細天清似水　重城閉月青樓誇樂人在銀潢影裏畫屏期約近收燈歸步急雙鸞欲起

醉垂鞭　錢唐送祖擇之

酒面灩金魚吳娃唱吳潮上玉殿白麻書待君歸後除

向留風月好平湖曉翠峰孤此景出關無西州空画

當

定西番

秀眼縵生千媚釵玉重髻雲低穿：挹妝羞淚怨分攜

妃帳願從今夜夢長連曉雞小逐画船風月渡江西

二執胡琴者九人

銲撥紫槽金襯双秀䓁両回鸞齊學漢宮妝樣競嬋娟

三十六絃蟬鬧小絃蜂作團聽盡昭君幽怨莫重彈

望江南 與龍靓

青樓宴靓女薦瑶杯一曲白雲江月滿際天拖練夜潮來人物誤瑶臺　醺〻酒拂〻上双腮媚臉已非朱淡粉香紅全勝雪籠梅標格外風一作塵埃

少年游慢

春城三二月禁柳飄綿未歇仙禦生香輕雲凝紫臨層闕歌掌明珠滑酒臉紅霞蔟華省名高少年得意時節畫刻三題徹梯漢同登蟾窟玉殿初宣銀袍齊脫生

仙骨花採都門曉馬躍芳衢潤宴羅東風鞭梢一行飛雪

翦牡丹　舟中聞双琵琶

野綠連空天青垂水素色溶漾都淨柔柳搖二墜（一作柳徑無人墜）飛絮（一作輕絮）無影汀洲日落人歸修巾薄袂擷香拾翠相競如鮮淩波泊烟渚春暝　綠綃朱索新整宿綉屛画船風定金鳳響双槽弾出古今幽思誰省玉盤大小亂珠迸酒上妝面花艷媚相並重聽盡漢妃一曲江空月静

畫堂春

外潮蓮子長参差霽山青處鷗飛水天溶漾画橈遲人影鑑中移　桃葉淺聲双唱杏紅深色輕衣小荷障面避斜暉分得翠陰歸

芳草渡

双門曉鎖響朱扉千騎擁萬人隨風烏弄影画船移歌時淚和别怨作秋悲　寒潮小渡淮遲吳越路漸天涯宋王臺上為相思江雲下日西盡雁南飛

主人宴客玉樓西風飄雪忽霧霏唐昌花蕊漸平枝浮光裏寒聲聚隊禽栖　驚曉日喜春遲野橋時伴梅飛山明日遠霽雲披溪上月堂下水併春輝

御街行　別見六一詞

天非花艷輕非霧來夜半天明去來如春夢不多時去似朝雲何處一作無覓處遠一作乱栖燕雞落星沈月一作落月沈星紞紞城頭鼓　參差漸辨西池樹珠閣斜開戶綠苔深徑少人行苔上屐痕無數餘香遺粉一作殘香餘粉剩衾閒枕一作閒衾剩枕天把多情付

蘇幕遮

柳飛綿花實步縷板清音淺[illegible]江南調斜日雨竿留碧口馬足重重又近青門道　去塵濃人散了回首旗亭漸漸紅裳小莫訝安仁頭白早天若有情天也終須老

武陵春

每見韶娘梳髮好釵燕傍雲飛誰掬瓊形霞露染衣玉透柔肌　梅花瘦雪梨花雨心眼未芳菲看著嬌妝聽柳枝人意覺春歸

醉落魄　吳興華老席上

秣口葛𤦺安陸集作熏人

山圖画障風溪弄月清溶漾玉樓苔館人相望下箬醲

醅競欲金釵當　使君勸醉青娥唱分明仙曲雲中響

南園百卉千家賞和氣兼口不獨花枝上

長相思　潮溝在金陵上元之西

粉豔明秋水盈柳樣纖柔花樣輕笑前双靨生　寒江

平江櫓鳴誰道潮溝非遠行回頭千里情

更漏子

杜陵春秦樹晚傷別更堪臨遠南去信欲凭誰歸鴻多

北歸　小桃枝紅蓓蕟今夜昔時風月休苦意說相思

少情人不知

浣溪沙

樓倚春江百尺高烟中還未見歸橈幾時期信似江潮
花片〻飛風弄蝶柳陰〻下水平橋日長才過又今
宵

醉桃源

仙郎何日是來期無心雲勝伊行雲猶解傍山飛郎行
去不歸　强匀一作自畫又芳菲春深輕薄衣桃花無語
伴相思陰〻月上時

行香子 案此闋又載六一詞

舞雪歌雲閒淡妝勻藍溪水深染輕裙酒香熏臉粉色生春更巧談話美情性好精神　江空無畔淩波何處月邊（橋）青柳朱門斷鐘殘角又送黃昏奈心中事眼中淚意中人

熙州慢 贈述古

武林鄉占第一湖山詠画争巧鷲石飛来倚翠樓烟靄清猿啼曉況值禁垣師帥惠政流入歡（一作歌）謡朝莫萬景寒潮弄月亂峰回照　天使尋春不早併行樂免有

花愁花笑持酒更聽紅兒肉聲長調瀟湘故人未歸但
目送遊雲孤鳥際天杪離情盡寄芳草

虞美人 述古移南郡

恩如明月家々到無處無清照一帆秋色共雲遥眼力
不知人遠上江橋 賴君書札来双鯉古汴東流水宋
王臺畔楚宮西正是節趣歸路近沙堤

泛青苕 又名感皇恩正月十四日與公擇吴興泛舟

綠淨無痕過曉霽清苕鏡裏游人紅柱一作妝巧綵船穩
當筵主祕館詞臣吴娃勸飲韓娥唱競艷容左右皆春

學為行雨傍画槳從教水濺羅裙　溪烟混月黄昏漸
樓臺上下火影星分飛檻倚斗牛近響簫鼓遠破重雲
歸軒未至千家待掩半妝翠幕朱門衣香拂面扶醉卻
簪花滿袖餘温

惜瓊花

汀蘋白苕水碧每逢花駐樂隨處歡席別時攜手看春
色螢火而今飛破秋夕　旱（一作訴　無旱字）一河流如帶窄任
身輕似葉何計歸得（一作任輕似葉計歸得）斷鴻孤鶩青山極樓
上徘徊無盡相憶

河滿子 陪杭守泛湖夜歸

溪女送花隨處沙鷗避樂分行遊舸已如畫障裏小屏猶畫瀟湘人面新生酒艷日痕更欲春長　衣上交枝鬥色釵頭比翼相双片段落霞明水底風紋時動妝光賓從夜歸無月千燈萬火湖塘一作河塘

勸金船 流杯堂唱和翰林主人元素自撰腔

流泉宛轉双開竇帶染輕紗皺何人暗得金船酒擁羅綺前後綠定見花影並照與豔妝爭秀行盡曲名休更再歌楊柳　光生飛動搖瓊甃隔障笙簫奏須知短景

歡無足又還過春清畫翰閣遲歸来傳騎恨留住難久異

日鳳皇池上為誰恩舊

慶同天 即怨王孫又名河傳

海寓稱慶浪生元聖風入南薰拜恩瑶闕衣上曉色猶

春望堯雲 游釣廣樂人疑夢仙聲共日轉旗光動無

疆帝聖一作算何待祝華封與天同

雨中花令 贈胡楚草

近鬟絲鈿雲雁細大雲雁小雲雁好容艷花枝爭媚花枝十二學双

燕同栖還並翅双燕我合著你難分離合這佛面前生

應布施金匐浮你更看蛾眉下秋水十眉似賽九底見他三

五二胡草正悶裏也須歡喜子閟

江城子

小圓珠串靜慵拈夜厭厭下重簾曲屏斜燭心事入眉尖金字半開金香穗小愁不寐恨西蟾 以上六十三闋亦園名家詞集

錄補○素名家詞集所刻子野詞有東坡居士題跋凡一百二十九闋刪其複見前集者六十六闋錄之如右

張子野詞補遺上

張子野詞補遺下

青門引 春思

乍暖還輕冷風雨晚來方定庭軒寂寞近清明殘月中酒又是去年病 樓頭画角風吹醒入夜重門静那堪更被明月隔墻送過秋千影

滿江紅 初春

飄盡寒梅笑粉蝶游蜂未覺漸迤邐水明山秀暖生簾幕過雨小桃紅未透舞烟新柳青猶弱記画橋深處水邊亭曾偷約 多少恨今猶昨愁和悶都忘卻拚從前

爛醉被花迷著晴餳試鈴鋼一作風力軟雛鶯弄舌春寒

薄但只愁錦綉鬧粧時東風惡以上二闋花庵絕妙詞選錄補

漢宮春 蠟梅

紅粉苔墻透新春消息梅粉先芳奇葩異卉漢家宮額

塗黃何人鬥巧運紫檀剪出蜂房應是爲中央正色東

君别與清香　仙姿自稱霓裳更孤標俊格非非字似誤雪

淩霜黃昏院落爲誰密解羅囊銀瓶注水浸數枝小閣

幽窻春睡起纖條在手厭厭宿酒殘粧右一闋梅苑補錄

生查子 詠箏。案此闋又載六一詞

含羞整翠鬟得意頻相顧雁柱十三行一一春鶯語

嬌雲容易飛夢斷知何處深院鎖黃昏陣〻芭蕉雨

浣溪沙 春閨○案此闋又載秦淮海詞

錦帳重〻捲暮霞屏風曲〻鬥紅牙恨人何事苦離家

枕上夢魂飛不去覺來紅日又西斜滿庭芳草襯殘

花

二

水滿池塘花滿枝亂香深處語黃鸝東風吹軟弄簾幃

日正長時春夢短燕交飛處柳烟低玉窗紅子鬥茶

時

菩薩蠻 詠箏

哀箏一弄湘江曲聲聲寫盡江波綠纖指十三絃細將幽恨傳　當筵秋水慢玉柱斜飛雁彈到斷腸時春山眉黛低

滿庭芳 漁舟

紅蓼花繁黃蘆葉亂夜深玉露初零霽江天空闊雲淡楚江清獨棹孤篷小艇悠悠過烟渚沙汀金鉤細絲綸慢捲牽動一潭星　時時橫短笛清風皓月相與忘形任

人笑生涯泛梗浮萍（飄）飲罷不妨醉臥塵勞事有耳誰聽
江風靜日高未起枕上酒微醒（以上五闋草堂詩餘補錄）

菩薩蠻

五雲深處蓬山杳寒輕霧重銀蟾小枕上挹餘音（香）春風
歸路長　雁來書不到人靜重門悄一陣落花風雲山
千萬重

二

青梅又是花時節粉牆閒把青梅（折）玉鞭偶逢君春情如
亂雲　藕絲牽不斷誰信朱顏換莫厭十分春酒深情

更深

浪淘沙

腸斷送韶華為惜楊花雪毬搖曳逐風斜容易著人容易去飛過誰家　聚散苦咨嗟無計留他行人洒淚滴流霞今日画堂歌舞地明日天涯

望江南　閨情

香閨內只自想佳期獨步花陰情緒亂謾將珠淚兩行垂勝會在何時　厭厭病此夕最難持一點芳心無託處荼蘼架上月遲遲惆悵有誰知

碧牡丹　晏同叔出姬

步帳搖紅綺，曉月墮沈烟砌。緩板香檀，唱徹伊家新製。怨入眉頭，斂黛峰橫翠。芭蕉寒，雨聲碎。　鏡華翳，閒照孤鸞戲。思量去時容易，鈿盒瑤釵，至今冷落輕棄。望極藍橋，但莫雲千里。幾重山，幾重水。

案道山清話晏元獻為京兆辟張先為通判新納侍兒公甚屬意先能為詩詞公雅重之每張來即令侍兒出侑觴往往歌子野所為之詞其後王夫人寖不容公即出之一日子野至公與之飲子野作此詞令營妓歌之至末句公聞之憮然曰人生行樂耳何自苦如此亟命于宅庫支錢若干復取前所出侍兒既來夫人亦不復誰何也

漢宮春

玉減香銷被嬋娟誤我臨鏡妝慵無聊强鬧强解，蹙破眉峯凭高望遠但斷腸殘月初鐘須信道承恩不在貌如何教妾為容　風暖鳥聲和碎更日高院靜花影重重愁來只待殢酒〻薄愁濃長門怨感恨無金買賦臨卭翻動念年〻伴女越溪共採芙蓉（以上六闋花粹編草錄補）

山亭宴　湖亭宴別

碧波落日寒烟聚望遙山迷離紅樹小艇載人來約尊酒商量歧路衰柳斷橋西共攜手攀條無語水際見鷺鳧一對〻眠沙溆　西陵松柏青如故翦烟花幽蘭啼露

油壁閒花驄那禁得風吹細雨饒他此後更思量撥莫似當筵情緒鏡面漾波平照幾度人來去（右一闋西湖志錄補）

西江月 贈別

憶昔錢唐話別十年社燕秋鴻今朝忽遇莫雲東坐對（一作對坐）旗亭說夢　破帽手遮紅（一作斜）日練衣袖卷寒風蘆花江上兩衰翁消得幾番相送（案此闋花草粹編從翰墨全書錄入作無名氏今葛氏刻安陸集收之或別有所據姑附於此）

光緒戊申九月從知不足齋本迻錄一過以葛韓安陸集校之國維

國家圖書館出版品預行編目資料

張子野詞 / 張先著．王國維手抄．初版．新北市．
聯經．2023 年 10 月．104 面．16×25 公分

ISBN 978-957-08-6962-0

852.4515　　112008572

初　版	2023 年 10 月
定　價	新臺幣 3800 元
ISBN	978-957-08-6962-0

張子野詞

著者	張　先
手鈔	王國維
整體設計	李偉涵
發行人	林載爵
社長	羅國俊
總經理	陳芝宇
總編輯	涂豐恩
副總編輯	陳逸華
出版者	聯經出版事業股份有限公司
地址	新北市汐止區大同路一段 369 號 1 樓
叢書編輯電話	(02)86925588 轉 5305
台北聯經書房	台北市新生南路三段 94 號
電話	(02)23620308
印刷者	文聯彩色製版有限公司
總經銷	聯合發行股份有限公司
發行所	新北市新店區寶橋路 235 巷 6 弄 6 號 2 樓
電話	(02)29178022

行政院新聞局出版事業登記證局版臺業字第 0130 號
本書如有缺頁，破損，倒裝請寄回台北聯經書房更換。
聯經網址：www.linkingbooks.com.tw
電子信箱：linking@udngroup.com